Si le das una galletita a un ratón

Si le das una

galletita a un ratón

Laura Joffe Numeroff

ILUSTRADO POR **Felicia Bond**

Traducido por **Teresa Mlawer**

📚 Laura Geringer Books
An Imprint of HarperCollins Publishers

¡Para Florence & William Numeroff,
los mejores padres que una hija
pudiera desear!   L.J.N.

Para Stephen   F.B.

is a registered trademark of HarperCollins Publishers

If You Give a Mouse a Cookie
Text copyright © 1985 by Laura Joffe Numeroff
Illustrations copyright © 1985 by Felicia Bond
Translation by Teresa Mlawer. Translation copyright © 1995 by
HarperCollins Publishers. Printed in the U.S.A. All rights reserved.
www.harpercollinschildrens.com

Library of Congress Cataloging-in-Publication Data
Numeroff, Laura Joffe.
   [If you give a mouse a cookie. Spanish]
   Si le das una galletita a un ratón / Laura Joffe Numeroff ; ilustrado por
Felicia Bond ; traducido por Teresa Mlawer.
     p.   cm.
   Summary: Relating the cycle of requests a mouse is likely to make after you
give him a cookie takes the reader through a young child's day.
   ISBN-10: 0-06-025438-6 — ISBN-13: 978-0-06-025438-4
   [1. Mice—Fiction.   2. Spanish language materials.] I. Bond, Felicia, ill.
II. Title.
[PZ73.N86   1995]   94-37254
[E]—dc20   CIP
                                       AC

13   14   15   LP   60   59   ❖

Si le das una galletita a un ratón,

te pedirá un vaso de leche.

Una vez que le hayas dado
el vaso de leche,

posiblemente te pedirá un sorbete.

Cuando haya terminado, te pedirá una servilleta.

Después, querrá mirarse en un espejo para asegurarse de que no tiene leche en el bigote.

de que su pelo necesita un recorte.

Así que posiblemente
te pedirá unas tijeritas.

Cuando se haya recortado el pelo,
querrá una escoba para barrer el piso.

Comenzará a barrer.

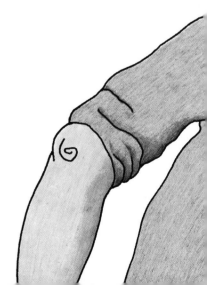

Se entusiasmará tanto,
que terminará barriendo todas
las habitaciones de la casa.

Incluso, hasta lavará los pisos.

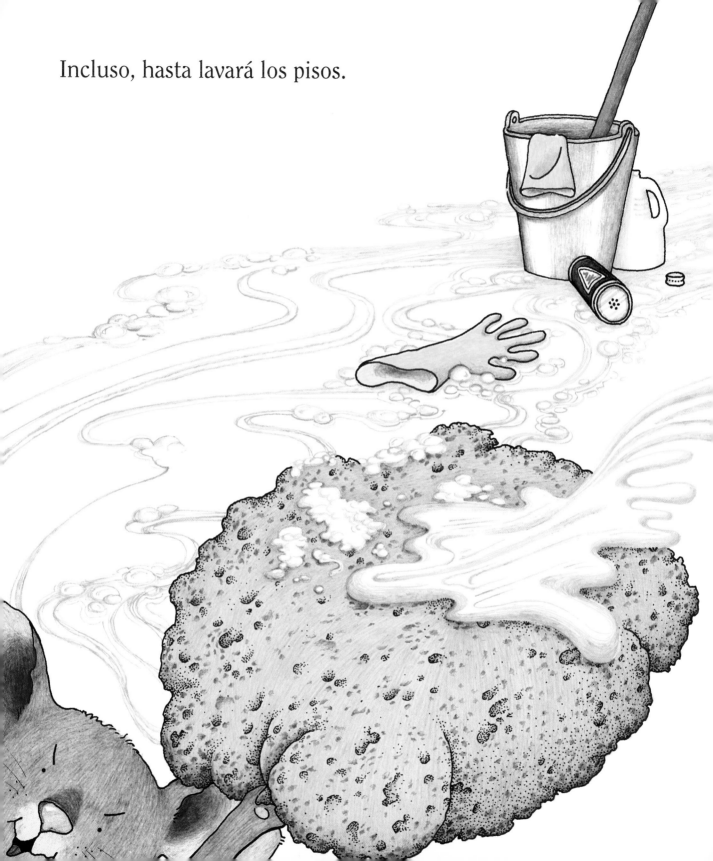

Una vez que haya terminado,
probablemente querrá dormir la siesta.

Le tendrás que preparar una cajita
con almohada y colcha.

Se acomodará en la cama,
y sacudirá la almohada
varias veces.

Posiblemente, te pedirá que le leas un cuento.

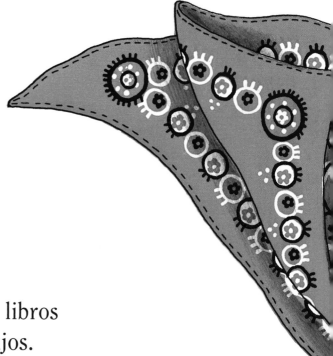

Le leerás un cuento de uno de tus libros
y te pedirá que le enseñes los dibujos.

Al ver los dibujos, le gustarán tanto
que él también querrá dibujar.
Te pedirá papel y lápices de colores.

Hará un dibujo.

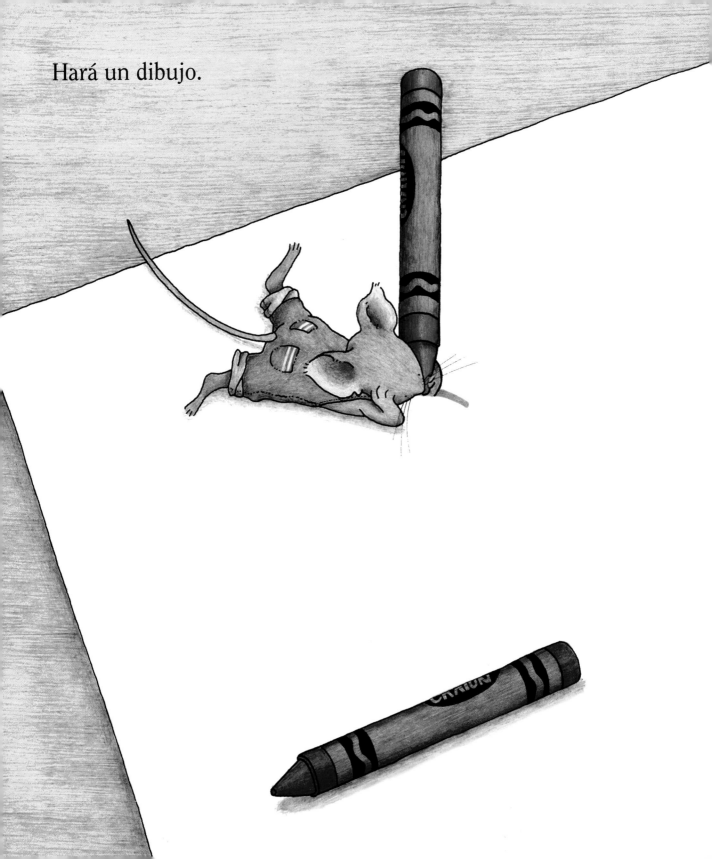

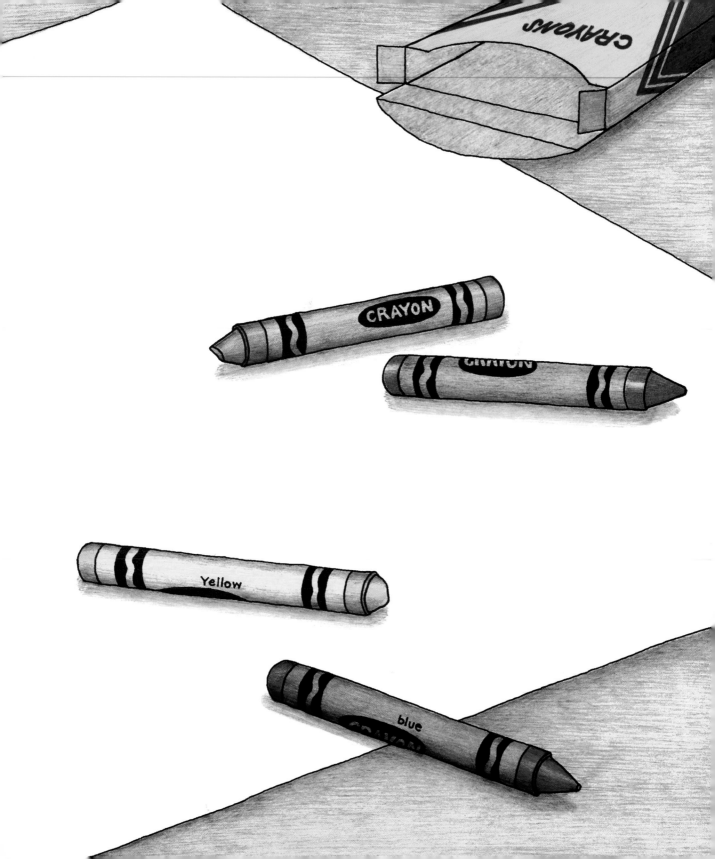

Cuando haya terminado el dibujo,

querrá firmarlo

con una pluma.

Entonces, querrá pegar
el dibujo en la puerta
del refrigerador.

Y para eso necesitará

cinta adhesiva.

Pegará el dibujo y dará
unos pasos hacia atrás,
para verlo mejor.

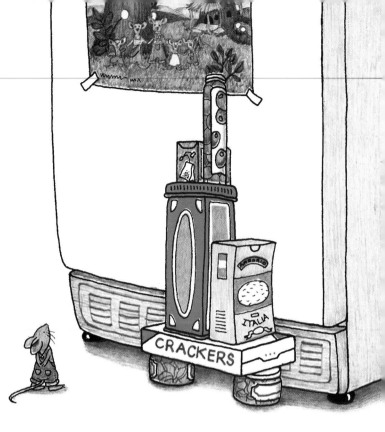

Al ver el refrigerador,
se acordará de

que tiene sed.

Así que . . .

te pedirá un vaso de leche.

Y es casi seguro, que si te pide
un vaso de leche,

te pedirá una galletita.